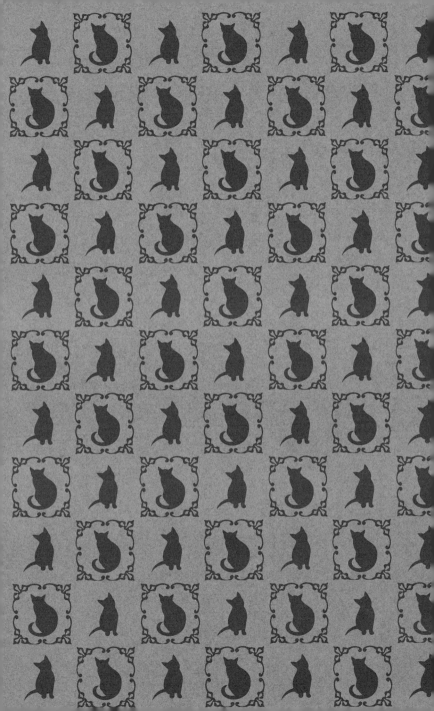

릴리와 호지

이 도서의 국립중앙도서관 출판시도서목록(CIP)은
e-CIP 홈페이지(http://www.nl.go.kr/cip.php)에서 이용하실 수 있습니다.
(CIP제어번호: CIP2007000251)

릴리와 호지

이본 스카곤 지음 ❖ 장은수 옮김

문학동네

Cat고양이 : 쥐를 잡아 먹는 집짐승. 박물학자는 대체로 사자류의 동물 중 가장 낮은 단계의 존재로 여김.

Lexicographer사전편찬자 : 사전을 쓴 사람, 단어의 의미를 상세하게 설명하고 그 기원을 밝히는 일에 몰두하여 꾸준히 정진하는 사람.

들어가는 말

> "그는 자기 고양이 호지를 위해서라면 무슨 일이든 할 사람으로 보였다. 그의 헌신은 정말 인상적이었다. 번거로운 일을 시키면 혹시라도 하인들이 고양이를 미워하게 될까봐 자기가 직접 기계에 가서 호지에게 줄 굴을 사오곤 했으니까."

보즈웰이 소개한 존슨 박사의 이 일화에 마음이 끌리지 않는 사람이라면 이 책에도 별로 흥미를 느끼지 못할 것이다.

반면 위의 이야기가 마음에 든다면 존슨 박사에게 릴리라는 또다른 고양이가 있었다는 것, 그리고 1989년 말부터 내가 기른 두 마리 고양이의 이름이 릴리와 호지라는 것에도 관심을 갖게 될지 모른다.

실은 릴리와 호지가 그들의 선배인 오스카(『오스카로 산다는 것』에 나왔던 그 고양이)와 문학에 대한 사랑을 나누어 가졌으면 하는 마음으로 이 책을 시작했지만, 그 소망이 얼마나 이루어졌는지는 잘 모르겠다.

내 무책임의 산물인 이 책에 존경하는 새뮤얼 존슨 박사의 글을 감히 실을 수 있었던 것은 모두 "저처럼 활기찬 젊은이가 될 수 있다면 뭘 하시

겠어요?"라고 묻는 어느 젊은이에게, "글쎄, 조금 어리석어지겠지요"라고 여유 있게 응수한 박사님의 관대함 덕분이다.

이 책에 실린 목판화들은 호지와 릴리의 생애에서 첫 십팔 개월 동안의 모습을 그린 것이다. 호지*는 이름이 의미하는 바 그대로, '더할 나위 없이 좋은 고양이'라고 할 수 있는 녀석이다. 그렇지만 릴리**는 이름과는 달리 흰 고양이가 아니라 줄무늬였고, 품행 역시 그 이름의 본래 의미와는 달리 결코 방정하지 못했다.

목판화에 붙인 글들은 존슨 박사의 다양한 글, 편지 그리고 보고서에서 따온 것이다. 함께 인용한 사전적 정의는 1785년 출간된 존슨 박사의 『영어사전』 제6판에서 가져온 것들이다.

---

* 농부 혹은 농가의 하인
** 백합

언제나 굴을 가져다주는 존에게 이 작은 책을 바친다

KITTEN 새끼 고양이

사실 새끼 고양이를 뜻하는 단수 명사는 ‘kit’이다.
‘kitten’은 ‘kit’의 옛날 복수형으로
‘새끼 고양이들’을 뜻한다.
하지만 현재는 ‘chicken’의 경우와 마찬가지로
단수로 취급한다.
새끼 고양이.

주목받지 못할 바에야 공격당하는 게 낫다.

14

PLAYFUL 장난스러운 : 장난기 많은, 가볍기 짝이 없는.

그는 생기발랄한 청춘과
장난기 가득한 어린 시절이 꼴사납다고 생각한다.

애디슨, 『관찰자』

16

모든 장난은 심술궂거나 유치하다는 것을 기억하라.

빈둥거릴 땐 혼자 있지 말 것……

……혼자라면 빈둥거리지 말 것.

22

별것 아닌 것에 심취하다보면
불행은 날아가고 행복이 찾아온다.

24

TO TEASE 집적거리기
몹시 성가시게 하기,
뻔뻔한 태도로 끊임없이 괴롭히기.

26

TRANQUILLITY 평온 : 고요, 마음의 평화, 평화로운 상태, 마음에 동요가 없음

고요하고도 편안하게, 칭송받아 마땅한 행동을 하면서
인생의 단계를 하나하나 밟아가는 영웅을 상상하는 것은
쉬운 일이 아니다.

포프

28

먹는 일에 무심한 자가
다른 그 무엇에 관심을 두랴.

여성의 우정, 그 사랑스러운 기품이란.

ABLUTION 세정 : 깨끗이 하는 행위, 깨끗이 씻는 것

몸을 깨끗이 하는 것과 영혼을 정화하는 것 사이에는
근본적인 유사성이 있다.

테일러

SOMNOLENCY 졸음 : 졸림, 잠자고 싶은 기분

TO AWAKE 잠에서 깨기 : 잠에서 깨어나기, 잠자기를 멈추는 것
아아, 어쩐다, 그들이 잠에서 깨어난 것 같도다.

셰익스피어

AMBUSHMENT 매복 : 잠복, 기습(현재는 쓰이지 않는 말)
햇볕 좋은 산기슭에서 뛰노는 양들을 염탐하다가
살금살금 뒤에서 바짝 다가가
먹잇감을 노리며 매복하고 있는
교활한 여우처럼.

스펜서

HIDE and SEEK 숨바꼭질 : 숨은 사람을 찾아내는 놀이
소년 소녀들이 용기를 내어 다가오더니
내 머리카락 사이에서 숨바꼭질을 했다.

『걸리버 여행기』

COQUETTE 요부 : 방탕하고 가벼운 여자, 주의를 끌려고 애쓰는 여자

요부와 화약통은 불꽃을 일으킨다는 점에서 같다.

아버스넛과 포프

44

할 수만 있다면 우리는 모두 그저 빈둥거릴 것이다.

TO SWINGLE 흔들기
1. 대롱거리기
2. 신나게 매달리기

48

TO BIRD 새 잡기 : 새 사냥
내일 아침, 새 사냥을 한 후
저희 집에서 아침이나 같이 드시지요.

셰익스피어

그는 아주 공을 들여서 몸을 씻었다.

강렬한 호기심만이
관대함과 고결함의 척도이다.

54

저런, 저런! 얘들아, 그렇게 옥신각신하지 마.
아예 목도리까지 벗어던지고
승부가 날 때까지 싸워버려.

56

경쟁도 과시도 없이,
오직 고요와 평온 가운데 서로의 감정을 주고받는 것,
이것이야말로 가장 이상적인 대화이다.

58

모든 지적 진보는 한가로움에서 비롯된다.

나가는 말

새뮤얼 존슨은 1709년 9월 18일 스태퍼드셔 주의 리치필드에서 서적상의 아들로 태어났다. 리치필드 문법학교와 옥스퍼드 대학교의 펨브로크 칼리지에서 공부했으며, 1737년에 런던으로 와서 당대의 탁월한 문필가로 그리고 전형적인 런던인으로 살았다.

그의 『영어 사전』은 1755년에 출판되었다. 그로부터 십 년 후, 그는 더블린의 트리니티 칼리지에서 법학 박사학위를, 1775년엔 옥스퍼드 대학교에서 민법학 박사학위를 받았다.

그는 1784년 12월 13일 런던에서 숨을 거두었고, 유해는 웨스트민스터 사원에 묻혔다.

릴리와 호지는 존슨 박사보다 280년 뒤에 서쪽의 한 헛간에서 태어났다. 어미에게 버려진 그들은 생후 육 주 정도 되었을 무렵, 베리 스트레이 캣츠 재단에 구조되어 수의사 손에서 자랐다. 생후 삼 개월 때부터 그들은 이본 스카곤의 집에서 살게 되었고, 시간과 관심, 애정의 힘으로 불운했던 어린 시절을 차츰 극복해가기 시작했다. 이본 스카곤은 릴리와 호지의 생에서 새롭고 매혹적이었던 첫 십팔 개월을 목판화로 기록해놓았다.

옮긴이 **장은수**

연세대학교 심리학과를 졸업하고 동대학원 국어국문학과에서 석사학위를 받았다. 그
후 5년 동안 연세대학교 언어연구교육원에서 외국인에게 한국어를 강의했다. 현재 고
양이 두 마리와 남편과 함께 서울에서 살고 있다.

문학동네 세계문학
릴리와 호지

초판인쇄 │ 2007년 2월 5일
초판발행 │ 2007년 2월 15일

지 은 이 │ 이본 스카곤
옮 긴 이 │ 장은수
펴 낸 이 │ 강병선
책임편집 │ 김경미 이현자 강건모
펴 낸 곳 │ (주)문학동네
출판등록 │ 1993년 10월 22일 제406-2003-000045호

주   소 │ 413-756 경기도 파주시 교하읍 문발리 파주출판도시 513-8
전자우편 │ editor@munhak.com
전화번호 │ 031) 955-8888
팩   스 │ 031) 955-8855

ISBN 978-89-546-0246-4 04840
      978-89-546-0244-0 (세트)

www.munhak.com

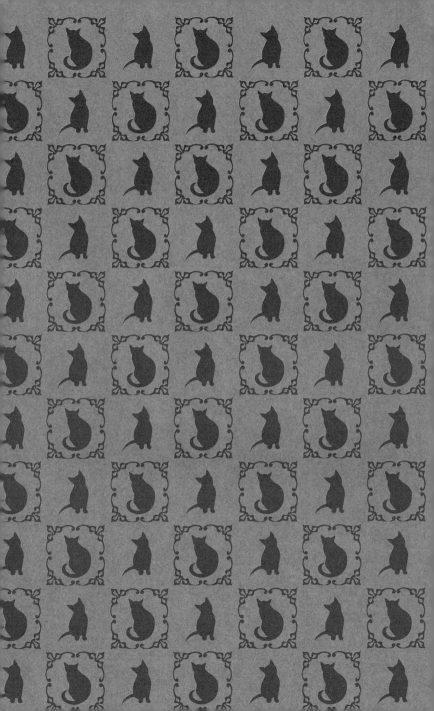

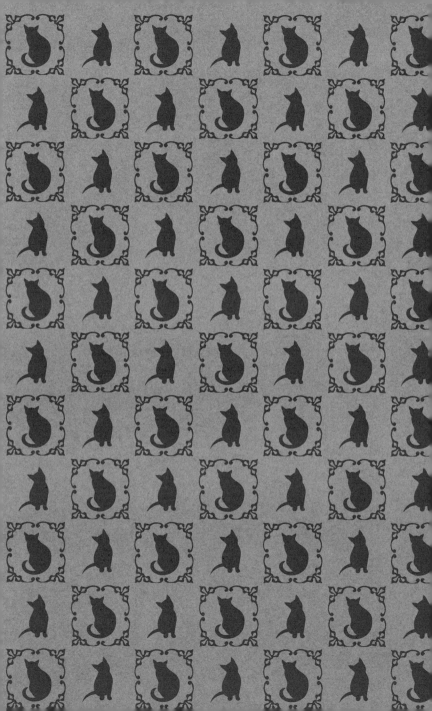